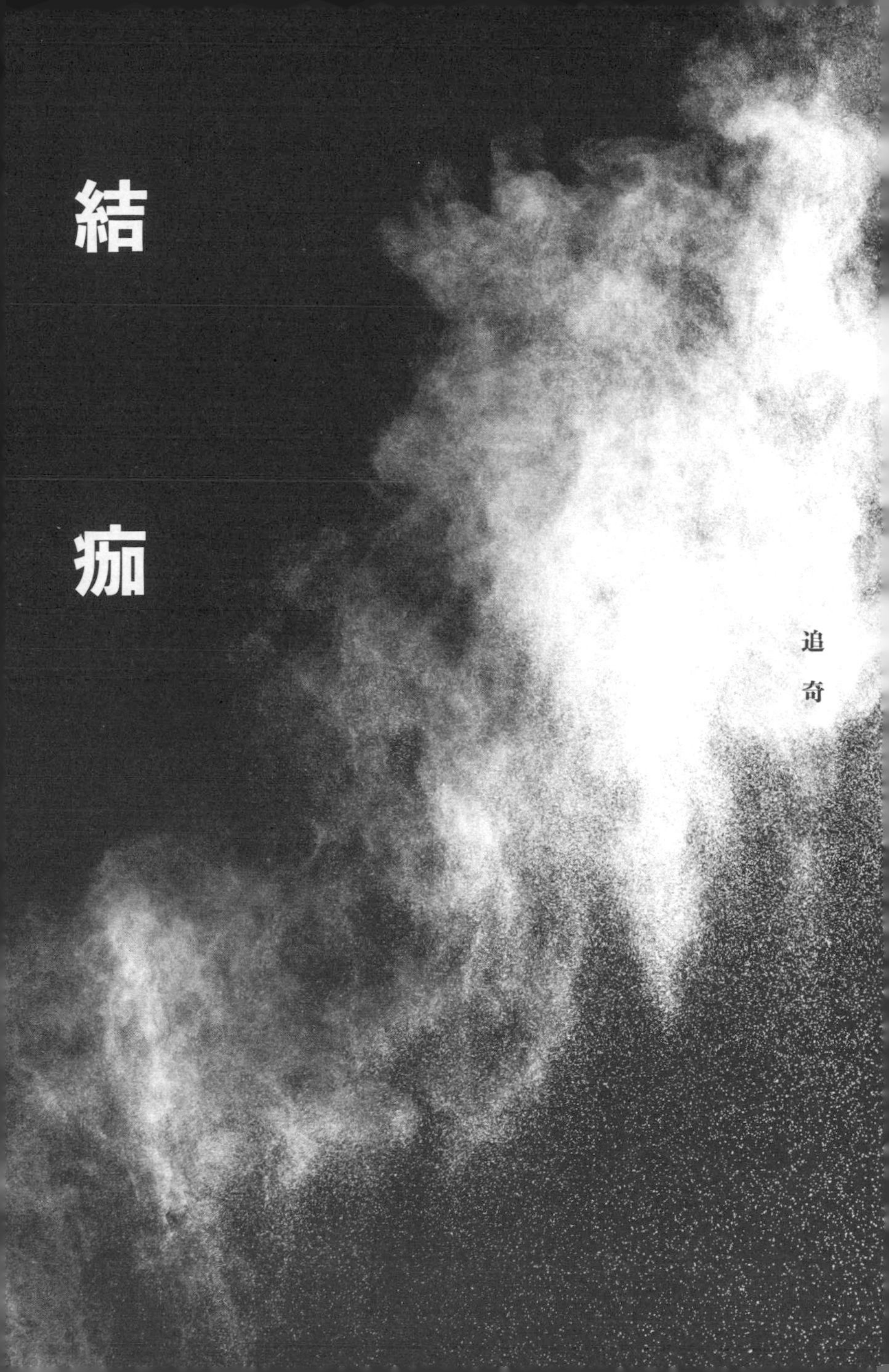

結痂

追奇

目錄

自序 10

I 擦撞

夢與現實 18
自顧自 18
來我心裡作客 19
天真 20
無策 21
路過時交換的多與少 22
親密之後各自感傷 23
花 24

光與影的關係 24
沒有慧根 25
想你也不會更好 27
夢遊 28
別戀 30
文明 34
負數 35
平凡 36
時間沒有用 38
失去你也不要失去你看我的眼睛 39
我會好嗎 41

II 滲血

二十三後 46
紅燈行 47
無效 49
我們 50
已經死過一次 52
約瑟芬 53
她願她身上是痂不是傷 55
兩個人生活 60
出口 62
沿海地帶我是龜裂的陸地 63
玫瑰少年 52

可以邀你跳舞嗎 67
壟斷 68
借來的秘密 70
約好了四月 73
見壞就收 75
求生日記 77
入獄自白 79
我討厭你 82
有教化可能 85
用力 86
成全 90
不食人間 91
原生 92

邊緣 93
我很羨慕那些能夠就這樣死掉的人 95
致父親 98
搖籃曲 100
回音 101
未末 102

III 結痂

親愛小時候 106
夢中的婚禮 108
久了就知道 110

轉移 112
回到鳴槍之處 114
謝謝 115
青春輒止 116
城市 117
巨大的暗房 119
你還是選擇 120
催眠 121
玩煙 122
教育 123
複習 124
那樣的寂寞我聽得見 126
五月 128

你好嗎 129
我相信的事 132
寫在分裂之後 134
然後呢 135
給W 137
請忘記我現在的臉 139
真實世界 142
想像力作為鎮定劑 146
還是得以快樂 147
沒有讀者的信 148
專情的人 149
相愛練習 151
出眾 153

自然 154
結痂 155

〈再來一次我還是會從善良走到不完全善良〉——寫在第二本書出版之前

這是一個平日下班後的夜晚。幾天前才把書稿整理完交出去，心神重新回到白天的工作崗位上，不同的感覺，同樣的疲累。

終於來到第二本書了呢，似乎沒有認真地想像過自己會出到第幾本，從首部作品《這裡沒有光》問世之後，面對所有訪談，我幾乎都會講到「如果我這輩子就只能出一本書……」如是開頭的句子。如果我這輩子就只能出一本書，我希望每一位願意給我機會的讀者，都可以把重點放在非愛情的議題上面——因為這些事情太重要，卻太少人關注了。於是《這裡沒有光》的宗旨非常清楚，它講述整個世界的黑暗與醜陋，把人性險惡、猙獰、無光的那一面完全攤開在你眼前，要你吞下。不管你是否會噎死。

換言之，我用《這裡沒有光》來重擬真實，而這些真實確實發生在我們居住的土地。有時事主不是你我，而是角落裡的陌生人；有時事主正是你我，但因為種種複雜的因素，沒法在過去挺身自剖。

說到底，自剖到底是不是件好事？有沒有必須？我給不出標準答案，也許因人而異。然就個人而言，我十分相信自剖可以帶給他者勇氣。雖然任何苦痛都無法相提並論，但起碼我們能在「類似經驗的分享」中，因為看見自己的影子而不感到孤獨，改以更自信的方式去坦承真實的樣貌，成為下一個說出故事的人。

真的。唯有刪去自己「過分負面的特別」，才能返回社會的懷抱。

現在《這裡沒有光》出版已過半年，它的使命達成了嗎？肯定仍不足吧。社會的防護網破了個大洞，生活依舊艱難，憾事不斷重演。我想起去年到香港旅行時，與一位網路上的讀者相約，她給了我一封信，三張信紙上滿滿的親筆字跡，道盡了她這幾年對世界的困惑：她談政治、談環保，也談人的生與死。那時我不停想著要如何回覆，心裡的疼痛彷彿梗在喉間的骨刺，礙事，但難以取出——難料時光晃到此刻，我仍然吐不出一個字，一個字都沒有。我很抱歉，抱歉之餘，也發現自己的渺小。「倘若我真的是個擁有較多資源的人，那我能怎麼運用呢？又假使我持有相對龐大的話語權，應該怎麼說話、說些什麼呢？」

出書以後，學生時期橫躺腦中的沉默問題，一一浮現出來，逐日鮮明。有幸踏進這個可以跟社會溝通的圈子，對我來說重要的是責任。可是我要怎麼做？我要怎麼訴說？直至今日，我尚無把握。而在這樣的情況下，第二本書卻即將問世——令我禁不住地思索，自己究竟想藉由這本書傳遞些什麼？比起上一本，它表述較多的私人情感，我要如何讓這類陳腔濫調的「愛」，顯露出一點特別的價值？又為什麼我想取名為《結痂》，但其實內容翻閱起來，並不太像是真的「結了痂」？

前幾個月，公司來了一個剛出社會的妹妹，我從她身上反思出了答案。無論公事合作或私人相處，她透露的諸多細節，都讓我想起三年前同樣新鮮的自己——善良且不畏一切。才三年而已啊，我已經從一個完全相信他人、願意割捨付出的女孩，變成世故的大人。當年需要被好心長輩提醒「保護自己」的我，如今卻開始提醒別人，「不要太善良」。為什麼呢？日復一日既定的上班行程，為何會教育我這些事情？而生活又怎麼趁虛而入，蠻橫霸道地侵佔我本來固執的信念？

我曾經是可以非常相信一個人的。我也曾經很善良，善良到回想起來，會覺得愚蠢又無知。可是現在的我卻不斷地捍衛、防守，甚至想要狠起來，強調自己不會受欺負。誰敢欺負我呢。跟三年前相比，我一樣是「不畏一切」的，然這份「不畏一切」的堅強，已經徹底變質了。你要曉得，願意受傷的人和抵禦傷害的人，是截然不同的啊——而我認為，這便是這本書之所以取名為《結痂》，最好的歸因。

我們以為好了的事，到頭來似乎不能算是真的好了。

這樣的結果，我一點也不後悔。

送給你們。經篩選及修改，收錄二〇一五年冬天至二〇一七年夏天的詩作，擦撞的日子、滲血的日子、企圖結痂的日子，都在這了。希望每一個耗費生命瞭解這本書的人，都可以從我的文字裡，找到那個等待救援的自己。

——追奇

二〇一七／六月／二十一日

I 擦撞

夢與現實

千萬顆星星一起住在夜裡
只有幾盞燈被我們
命了名，其餘都是孤火
流於無義

自顧自

被在乎是容易的
意識到被在乎
是困難的

就像每一個天上的星座
根本不知道
光年之外，自己的眼淚
會是場盛宴

來我心裡作客

下輩子發誓
再不要去想念一個無關的人
不要做依戀金魚的池水
牢記牠的顏色眼神，閃亮的鱗片
忘了自己至微的身分
只是供牠防罩
好無憂無掛地愛上別人

天真

天真地以為
可以到什麼地方去

擁有一座海洋
不覺得傷心是壞
擁有一地荒田
不因為貧瘠而苦
擁有一個愛人
不曉得單戀叫病

天真地以為
可以離開哪裡去到哪裡

相信回報
相信只要好好吃飯
好好睡覺
病毒就會死掉

無策

即使預知了
死亡，也沒法預知
死亡晃盪的餘震

唯有事發當下
你才確定，崩塌殘斷的
是什麼
人心有多軟弱
鼓勵其實無用

一隻手
撐不了天
一雙腳
踩不到地

要時候來了
才會懂
上路，常常不明白終點
是不是最初所盼

只聽他們說——「會好的」
就信了

路過時交換的多與少

螳螂擋車之前
螳螂沒有問
前方敵人多洶湧
真正要保護的
是什麼

手心向上
其實，也可以是給予
就算你不能救一個人的命
你或許能救一個人的人生

有些人的人生
糟到只剩一條命
有些人的命
好到他錯過人生

親密之後各自感傷

不顧一切脫口
啟動自設的陷阱
明白所謂距離是可以
因為袒露得太多
而拉開，而避嫌，而臨場喊中止
就終止。

唯一還能保存的
少到，剩下一些文具
一些邊界上走險的
信息

我們養不大的膽子啊
靜靜夭折在
各自的抽屜裡
明白當一個不快樂的人
不需要練習

花

你愛一朵花
就是愛一朵花
你不會看它的蕊
就會為它澆水

光與影的關係

我是寂處的黑暗
你是普照的盛光

沒有你就沒有我
可是沒了我
你還是可以

在地球的另一端
找到與你
對望相守的人

沒有慧根

喜歡上一個人
我們一定
一定都曾經
為了她練唱一首
不熟的歌，寫乾墨水
只求一個漂亮的字

為她戒菸
因為她就是菸的主因
為她買下所有

同個詩人的作品
逛覽最難為情的花店
研究花語中、字句中
那深層的隱喻

學習放慢

好保留一些直白的喜歡
適時轉彎，耐心等待
相信聰明如她

願意來解這類迂迴的
示愛，願意誇我們
做盡了所有不像自己的事——
卻仍成不了她心中唯一的模範

讀她的笑吧
捧她的淚吧
開心她光一般地靠近
也理解她
雲一般地出走

怎麼辦到？我們
身作憨愚的解題者

身作憨愚的解題者
要如何真的愛上
千變萬化的問號？
沒想到熟能生巧
只是看待一切荒謬的
錯誤，仍不覺自己
無比愚鈍

想你也不會更好

思念一個人，其實
不會有笑容和眼淚

大多時候較像
池邊顫抖的魚
離生命很近
也很遠
知道該往哪去才能
活
卻動不了身

夢遊

深夜交談
以我們獨有的語言
晦澀如青苔爬滿矮牆
迂迴如線香
薄煙的走徑

窺探有沒有人在專心
問一個答案
答一個問題
找一個有共鳴的惡習
拯救自己

思索我們
互傳的暗喻
算不算藥包一帖
有時甘心服用
有時心生抗拒

能病，其實也是好的
至少能讓一些事物
留在這裡
畢竟規範總是太多
真正遵守時

早已有了更嚴謹的
規範，根本無須提醒我
要對自己寬容

提醒在這白熱化的節季
拿一片葉子遮光
葉子的邊緣
還是看得見光

別戀

先愛上別人的人
可以先得到，新的快樂嗎
或者會連滾帶爬地直接
入陷舊的悔恨

可以先開始
不料也能，先結束
可以在吃了好幾串糖葫蘆之後
沒有一顆勝過對方嘴裡的
初摘棗子——
當然，也可以每一串
都新鮮得令人流連

但
不能忘返。

「返」是自摑巴掌
「返」是自私啊
那些短暫的味道滑過舌尖
像夢裡跳過柵欄的羊群
助眠而已

你若太晚覺悟
甦醒，安慰將瞬即消散在
來的路上

「一顆心好像被人愛過
也好像愛過人——」
然而究竟是誰
誰願意承認
誰甘心是笨

文明

愛一個
已經愛別人的人
就跟文明一樣

破壞與進展
已密不可分

負數

先減掉幻想
再減掉耐性
減掉了寵溺
又減掉好聽的聲音

減來減去
希望最後是零
可惜你多殘忍
硬是
要我釐清

刪減除斷
也能使愛
無盡壯大的道理

平凡

我沒有什麼能力，如果
你沉迷宇宙
我一樣無法飛行

沒有什麼能力
假使，你留戀跟誰的既往日子
我依舊操控不了時間和人心
帶你逆向回去
說聲對不起
我沒有什麼能力

只會說一些逆耳的話
不好聽，但總會等你真的
聽進去
再慢慢生悔
慢慢告訴自己別介意

我雖然沒有能力
買一些短暫的快樂送你
但我熟背一切
你的地雷，該踩的我踩
踩開了
再為你擋彈

我沒有
你欣賞的那些能力
沒有花言，沒有大禮
我只會炊熟米飯
哄你入眠
在交通壅塞的馬路上
護著你過街

我只訓練自己
讓你每天的笑容都比昨天
明顯一些

時間沒有用

把頭髮剪了
讓記憶跟著失根
再長出新的

把病給認了
妥協有藥可解
或只是服用吞嚥
再假裝好些

把你從最愛變成
最恨
然後發現
這由不得我情不情願
即使誣了你
較不易使人想念

失去你也不要失去你看我的眼睛

認識一個人
在黑色睫毛底下
躲雨，迴避，催眠，銜接
一種相認的語言
說不說話
都美——都超乎理解
和愛的範圍

住過一個人
盪在他的

圓潤瞳孔之上
一秒
沉溺天堂換不到氣
一秒
離開禁區
又想著怎麼回去

深一點
我要脅，再深一點
到可以看見殘骸的水域

在夠危險的地方
才好以進行幾千次的
逃生演習——直至熟練

當自己墜網
把自己撿回

我會好嗎

我會好嗎
雨過天晴之際
我如果沒有
跟隨人群在街上喝采
數出遠方精緻的七色漸層
相信它正暗喻著某種
否極泰來
我會好嗎

我會好嗎
你可敢擔保，如果我的
視線總是一不小心
就成了利刺
直截破看豔陽
背後是雨
破看色彩來自
逃亡的光的骨折
——我會好嗎

我如果說了
人生藏在崩毀與復原之間
我如果這麼說了

你要信嗎？信這樣的過程
導向美麗之前總是痛苦
我還會好嗎

抑或我有把握為了變好
而這麼跟著你
一起前進到那個
只有修復的世界
不用知道哪裡痛
回想痛是為什麼
發生，為什麼從身外流至身上
長在心裡發芽

我只想真的
真的好起來

好起來了嗎

Ⅱ 滲血

二十三後

突然就老了
你也不知道為什麼
過程一瞬即是尾聲
嬰兒車旁
早掘好了墳

紅燈行

最近一直在練習
歸還，那些我捨不得
還回去的東西
像是你說話的口氣
溫柔的心地
像是你總打開了門
又說「不許傷害我」的
愚笨——我沒有那種愚笨

我願意被狠狠刺穿
我也知道，言語是箭

再柔軟的聲音
都能毀在內容的尖銳
不一定要拒絕
也可以是，以友善刺穿我
時而鐵斷時而折曲
如彎掉的鐵絲在左胸鉤玩心臟
沒有要掏。

沒有要掏，但你還是
做了最完善的準備
端出新的日子，勸我吞下

偏執而錯誤的期待

要我明白自此紅燈會少一點
殊不知盡頭已變成我
一心想去的地方
也許有人，也許沒人
但我決定把不想歸還的東西
寄去那裡——等我脫身之際
盡頭之際，到達
再好好疼一遍

印證什麼是催眠
什麼是在催眠的途中
斷裂地甦醒
什麼是白費，什麼又是

無效

想你的時候
就畫一筆以示警戒
誰能料後來
一筆養成了百筆，百筆
奪走了星期
輕而易舉
落得四季亦乏逃亡
那上面的橫橫豎豎
頓撇流向
沒規矩地就
寫對了你的名字

我們

——「This is us. This is the end.」

劇情有很多
平鋪直敘，高潮迭起
或者淡然無味的
都只是憂傷到快樂
再回到憂傷的過程

我們對於故事
總存在太超過的想像
害怕下一頁卻也
繼續翻越，我們

以為山就是山
過了就有無雲萬里
不管下一秒是否
大雨滂沱
相信彼此至少願意
替對方撐起高傘
沒有名目
沒有關係

只要稱喚「我們」，便可以了

便足以囊括心裡
奢侈的事
奢侈啊想像的幫兇
自信過剩的禍首
我們，其實只有一個人

拚命圖個究竟
不讓死路
真的死路

已經死過一次

上輩子你是樹梢我是葉子
這輩子你是港埠我是船隻
落的落，歸的歸
算的都算了

已經死過一次
怎還不麻每每捨離的過程

約瑟芬

——致電影《234 說愛你》

一開始在乎的邊界總是
很多：
因為這樣所以那樣
一定要跨過
絕對得保守
「我要」「我不行」
「拜託」「還要想嗎」

爛人好人
誰說都配做人
你毫不遲疑地質問——

「心臟只有一個
愛怎麼可以多份」
不料有天會自己
竄改答案，把尺折斷
記得慾望根本
蠻不講理

教旨多熟爛呢
曾安然浸身的，如今
卻自動倒臥血泊

玫瑰橫長刺滿雙手
你聞其芬芳
終忍不住掉下
認罪的眼淚……

笑著笑著
輸了輸了
此生或許就做個爛人
反正爛人不過是
太過誠實的人

她願她身上是痂不是傷

——獻給 1210 同志運動後，因性向曝光而遭家人囚禁，最後在家自殺的未出櫃女大生

她
見過天使，也見過魔鬼
後來弄懂那是
同一種扮演

她上過大道，到過教堂
堂內有人亦有神：
有人覺得自己是神
有神則坦認
那些實與其無關

其澄清，其自白
「愛本是平凡」
平凡遍及人間，人間的事
是人都會想問
問個答案
問一次，發問的資格

豈料誰最不想聽見
誰就聽見
誰偽造許可
自認能憑之審判
——她，轉身背對那與天俱來的

彩虹
一道唯一連繫她與世界的橋樑
硬生生拆卸
斷
、
裂

她一定祈禱過
懺悔過
告解過
才可以搞懂
希望的事與抱歉的事
是同一件事

她肯定寂寞
栓在成長的櫃子裡
寄望著時間整容……
她的髮、她的眼光、她的脈搏

「如果受洗之後就不該再骯髒
那麼，就把血放光」
讓神去當神
讓她做回
最單純的人

神聖的，全留給
神聖
下輩子只求活在一個
想骯髒就能骯髒的
自由身

兩個人生活

風城到南國
從一個牢獄遷徙到另一個
曾是樂園的廢墟
眼睛是破掉的行李
一邊蒐集，一邊散落
速度之快像是暴力逼供
那些我需要的
也終謊稱成我
不再需要的東西

這次沿途比起以往豐富
黃綠色稻米，雙載騎乘的人家
大樓——飛機——鐵軌——天線
田中小徑和低矮鐵棚
滿滿的顏色
行經遂道時都被潑上一把墨
看見自己，自己與隔壁空座
我買下來的空座
究竟是為了專心又或
分心？

反正妳也不會問的

因為妳從不對我的一切有所好奇
所以就讓我偷偷地解釋
關於我是多麼
病態、自憐、寂寞、可笑
關於我多麼喜歡
能夠隨時隨地帶著妳的這種
擺脫不掉的感覺
真好

可以無須再面對告別前的焦慮了
也不會再聽見妳的笑
考量車站前
擁抱的力度大小

承受壓力，猜測每一次的
「那就這樣吧」
到底是不是最後一次

妳會一直跟著我
我的心臟鑿了櫃子
把你收進裡面，從今而後
永遠兩個人生活

出口

停止寫信以後
身上多了許多瘀青
再不能抗抵
沒有原因
由內而外的撞擊
頻繁瑣碎，細微難言
太多不足掛齒又伴我耗日的
不假以字
全瘀在裡面發紫

沿海地帶我是龜裂的陸地

炎夏冒出的汗水充滿整間教室
黝黑的皮膚，短硬的指甲
我沒有一對漢子的眼睛
只能上課時打盹，下課時酣睡
說的話都像蘇打
被當成廉價的氣泡飲喝進胃裡
消化不良

還好你會問我
喜歡海嗎

喜歡在白色的沙灘上
拾起沒有主人的貝殼嗎
我才知道，有人跟我一樣
在海邊出生
適應於一切陽光的洗禮
風的教育
浪的鞭笞
卻沒辦法下水
永遠都會被拋上來
靜止在這裡
好像就是我該有的樣子

也還好你不會問我
曾否當過貝殼
或當過貝殼的主人
還好你沒說
離開了海以後
想不想再回去生活
沒告訴我，你眷戀細沙或潮水
哪一種愛比較特別
特別容易生存
或容易毀滅
這樣就好
無須煩惱欲言又止的尷尬

你可以一直一直
燦爛下去
去愛人，與被愛
勇敢地說出口
珍惜一半海的基因
望我蜷縮陸上
明白有些人我一輩子都愛
卻不能讓他曉得

玫瑰少年

——寫給葉永鋕

他們嘲笑我一如狼群威嚇著羊
說服我離開叢林往草原上
奔走！不要回頭不要冀望
這個奉達爾文為神的世界
玫瑰長在少年身上
玫瑰變髒，少年定被汰忘

十六年故事一直是謎
只有我自己知道，躺臥血泊
像條魚被死神捕捉
而顫抖，又像朵玫瑰
安穩融回鮮豔的紅
有多詭譎。

因為從來沒弄清楚
該從何處離開或該去哪兒生存
最後竟是
此般情況下有了答案

其實我沒有刺的
也尚未愛過別人，那種

可能與我不同或近似的人
還未能聚首
看看自己究竟可否
被醫好天生溫柔的病
讓別人願意擁抱並且明白
他們不會受傷

但這下無關要緊了啊
我留下一片花瓣壓進歷史
留下一點香氣給母親帶著
什麼都好好的，未來交給世局
沒有人能再真正定義我

我若做天空
也要是清澈的天空
我若成大海
也要當薄透的輕浪
我若要愛人
也要愛自己想愛的人

可以邀你跳舞嗎

可以邀你跳舞嗎
扶著我的腰，對著我的眼
別介意我拿捏不當的妝
別揭穿我便宜粗糙的假髮

誇我漂亮
即使我有槍

壟斷

許多人努力游向妳
也都知道，只能有一位獲勝
很公平
公平通常都是殘忍的
殘忍的事
都很有道理

——只是
淘汰掉的我
竟再沒有地方可去

沒有其他人再愛，沒得折返
單戀成為宿命
妳好似喜歡這樣
要一個失敗的人認清
拒絕的事實
扔一座牢關住
一顆心臟

規定它跳動的原因
不可以叛，也不可以停止

壟斷我本已寂寥的視野
看妳享受
一個妳不愛的人永遠愛著妳

借來的秘密

曾經擁有秘密
最幸福的
是努力藏好
（為特別的人）
不讓誰輕易發現
解構紋理
偷嚐一口真心
後來懷抱秘密
最難耐的
是秘密已經太滿
（為自我折磨的魂）

淘選必須進行
也必然失敗
所有大小沙礫流落河床
預言都寫了
秘密
讓發問開始變得
艱難，像競賽：
壘上站立的人
壘間奔跑的人

用力投出的球總是
繞了好幾個彎
才抵達

（擊中要害）
（揮棒落空）
（接殺出局）

如此直截。縱然有時
免不了意外
也可以重來——重新再來
只要彼此盲了眼
約好了就算

「你有秘密嗎？」
和我一樣
像雨，又像流星
容易被誤會的體質
讓人失眠也讓人好眠

秘密的本身
或許已是不許解開
秘密的目的
卻要我們練習無猜

……我曾有秘密

借來的一個秘密
希望哪天可以歸還
可以公開

我會大方地說——我就是啊
「我就是啊」
你會遠方呼喊——我明白啊
「你明白啊」
但即使如此，那個下午怎麼仍舊
一起
安靜地流下了眼淚

約好了四月

——寫給樂園裡的妳

心裡的四月先走一步
但仍是會走成一線圓圈
此時鉤住某個定點
——往上一拉
才算真正結束

以前一直受困的詛咒
四月持續靈驗
依舊想念的人活得很好
是不是因為我恨了他

或者因為我並不知道
要不要恨他

記得很多人說
雨過將天青
他們的手指向天空
視線中兩者交疊
實則相隔遙遠
讓我不得不
離不開原本的地方

暗示四月的樣子在這裡
非常清楚，輪廓銳利幾乎
刺穿眼膜……

練習不哭出聲吧
避免再傷心流淚
否則被人以為
我擅長以回憶行騙
實則贓物是我
實則那歲月
只當了不稱職的小偷
一直一直

讓我裸露著
卻不曾有誰看見
失物招領

四月
好長好緩。

慢吞吞的龜爬在筆直的牆
沒有墜下
我在等待自己
等待自己尋到吻合的軌道
一腳踏進去
就不要再回來

見壞就收

可以的
你已經不需要我了
足夠善良的心，一定
會找到足夠善良的人

給彼此一道門
沒收鑰匙
也能打開的
在一團汙濁當中
辨認出自己的白色

多麼好，多麼誠懇
你正確地活著
善用人類愛的天份
淋漓盡致，全盤托出
所以——可以的

雖然善良有時
貼近愚蠢，大多時候
都摔得很深
可是你能藉此

證明自己與我
有所不同：走到末了
你一點也沒讓我失望

收傘的人是你
傘外的雨是我
你決定拒絕漫天自顧自的降落
我持續積累沉重心事
掉以輕心
待至有天晴朗不再有雲……
你依舊好好的
那就對了

求生日記

你很快就坐上了別人的船
駛離我們的海
留下一只救生圈，充滿善意
卻忘記給我一份指南

你帶走了一切的好天氣
和所有乾糧
你也沒有說
接下來的日子除了浮沉
我還能做些什麼

是不是哪天我不哭了
就不再有鹽分
供我漂浮

如果，我變得快樂了
就會沉沒
我該不該快樂
如果不存在下一個岸
如果這片海本身
沒有邊界
哪裡是出口

哪裡有你自私的
填海造地
放線牽引著我
套身的救生圈
一路——往暫棲地靠近

相信那裡的殘影
至少是你
相信我無貪無求便能活下來
和回憶
再造回憶

入獄自白

喏，新進來的人
暫時得過且過吧
只要還能哭
還有力氣咀嚼
每一顆飯粒
就不算太頹毀

過不去的
和洗澡時的泡沫
一起沖進排水孔
反反覆覆

相信什麼使我們亮麗
什麼，便使我們髒汙
有天也許可以
刷掉皮膚
重新來過

任何記載冠冕的
成長日記
都不會再說是你
不會再把你
分到可回收的箱盒

再活再錯
錯得幸運
得過且過

喏，新來的人啊
停在這吧
我知道使你難以承受的字句：
「再捱一天就好。」
讓我們拋開既有行囊
為人瓜分
讓所有拚來的寶藏
離身而去
那不是你，也不是我
幸福之於你我
都得淪為贓物

你知道嗎
不能再奢求任何一道
換日線了
那條慎重的、得以分割善惡的
尺規已經不復擁有

生命的池子
漣漪胡亂、層遞、不照規譜

我們撥不開過去與未來
日夜相連
沒有間隙

我討厭你

我討厭你像水
流進每一個隙縫
緊閉的眼
瞌睡的夢
醒來忘了自己
為什麼哭過

我討厭你像
虹一樣多重
瞬變
總在憂傷的時候出現

帶給人希望
又沒留下任何餘裕
供人許願

我討厭你
像自在的魚適應
每一種環境
透明玻璃缸
難解的海
你都熟睡安穩
不讓誰輕易察覺
偶爾的不專心

我討厭你——留下一個座位
要我像水
流淌它的周圍
像虹映照
它不復的時間
我討厭我無法
像你一樣逍遙灑脫
假裝海很乾淨
心很透明

我討厭你

說了那麼多次拒絕
沒有一句
真的令我傷心
討厭你的溫柔
可以諒解這世上某些錯
沒有道理
所以沒有關係

我討厭你表現得
輕鬆愜意
不做什麼努力
就踏遍了所有角落
我的角落

更討厭你像
放心的主人
知道走失的貓
終究會回到自己的窩巢
哪裡也去不了

我討厭你像極了
反面的我
只要我想什麼
你就忘掉
只要我說喜歡
你就要離開

有教化可能

錯誤的鑰匙
蠻橫地插進鑰匙孔裡
轉開

鑰匙沒斷
但也拔不出來
要拔，就得把整個鎖
都敲壞

用力

每一天用力
睜開眼
直視晨光起點

用力吸氣
用力隱藏，盡量
不和人說話

維持安靜
用力——避免爆炸
仔細篩選
萬顆善心和虛假

用力抹煞
「相信他們是我的朋友」
這樣的自己

用力咬字
但學著
不發出聲音

「沒關係」
「對不起」
用力使用詞彙

同時，咬住棉被

每一天
認識新的極限

用力，拎著骨頭
不往下墜
踮起腳尖用力
踩在人生上面

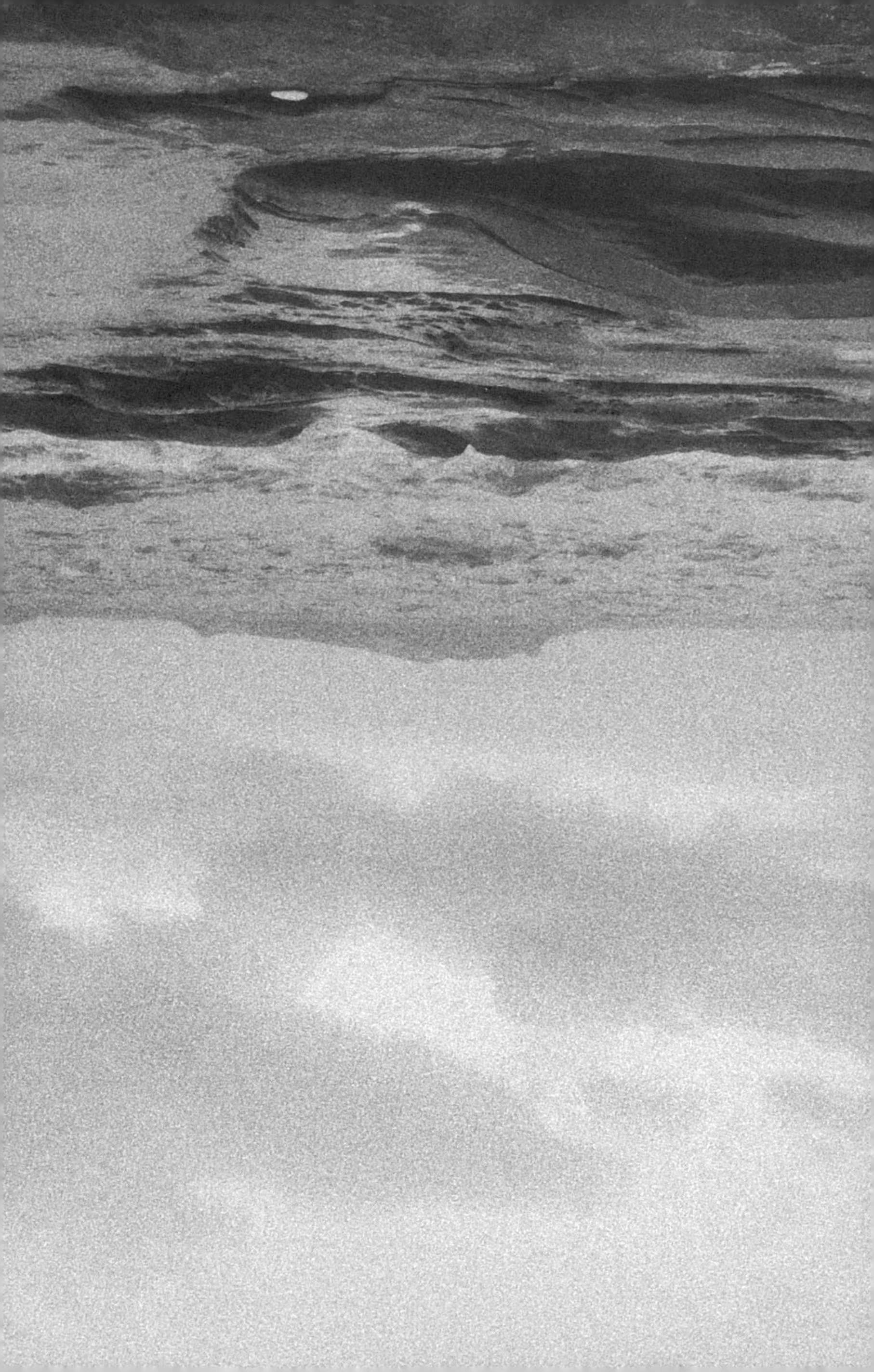

成全

——致一九九四年明星女中學生蘇澳自殺事件

水不能溺流
蛇不能過冬
厚厚沉沉的炭
這袋燒完了就無法再焚
——親愛的，這個世界不容許的事很多
並沒有人會問
為什麼
如同為什麼在今晚
妳選擇放下掙扎，不再爭論

改打一場耗時的安靜的仗
相信退即是攻，即是
最難破的防守
守著世界的善美無缺
緊緊抱著我

放心……放心。
後面跟上的人哪
下半輩子
我們夢裡度過

不食人間

你以為只有你才有眼淚
只有你，有寫不完的日記
聽不完的歌
以為大雨沖刷伸出魔爪
只有你的心房
會坍塌
只有你擁有脆弱
和卑微，你喝不下的咖啡
苦澀都是別人所給
你以為每個人都在笑
笑是一種祝福

只有你，你飽受諷刺
笑得越豁朗
越接近親愛的墳墓
你住在塔邊，輕得像一縷煙
沉得像一隻魚
你渴望全部無法觸及的事物
渴望有人和你一樣
天天對抗阻力
落墜、落墜、落墜
死掉時看見，他們每一個人
都生在地面

原生

親近到極致
會變得不敢傷害
不敢離開

兩把刀磨聲霍霍
像天明錯雜的鳥叫
把夢切割
綁回現實

只是最常見的生活
總在夢與現實之間

最想要的現實
幾乎貼近了夢
最鬼魅的虛幻
偶發於日光盛大之際

你流下淚
希望是夢
你做了夢
卻都不是真的

邊緣

我願意成為一團光
之中，最外圍的那一圈

是亮的
也是暗的
是屬於
也是不屬於的
是可有可無
甚至作為無
最不傷大雅的

暗了的時候
我來過嗎
肯定不重要的

意義什麼
分類什麼
如果暈得恰好
模模糊糊
就安全了
反正終究是會
被忘掉的

提早一點
便不擔心記得不記得

樣子和名字
需要和想要
支配和匹配
每天總為了獲取多一點表演
努力不往外墜

我很羨慕那些能夠就這樣死掉的人

天天寫字
每一個字住著一朵眼淚
希望它
開出好看的樣子
不希望它
傳遞悲傷

天天寫字
為了許多
很小很小的事
很小，像痣

沒什麼人看得見
看久了甚至
還會說習慣的

黑色突起的痣
為了它
我寫浪費的字
寫完了
悲傷沒有停止
心跳也是

好無助這個樣子
他們看著
我呼吸的眼神
常常像是
要我去死，一個簡單的死
可以兌換一次困難的幸福
我因此死了好多次
很抱歉沒有一次
真的成功

很抱歉，真的
恐懼沉睡的房間太大
總有聲音
在我耳邊喃喃迴盪：
「懂事的孩子啊活下去」
因為你是懂事的孩子
必須諒解
好的結局，常是姍姍來遲

遲了一生而已
堅定至底
童話才有預料中的折回啊
我如是這樣
重複，重複提醒自己
不管倦怠已成什麼
太疲弱的詞

我要忘了靈魂
一直那麼、那麼地
生不如死
也要忘了曾經
那麼渴求答案
不斷問著——

為什麼有人可以
輕鬆地落下擔子
為什麼脆弱了
就能輕易碎裂
為什麼我即使懂了這麼多
仍然沒有一項可以真的做到……

例如不顧一切地拋下所有人
死掉

致父親

說懂我的
離我最遠
太愛我的
話裏埋了支箭

山巔之寒
服輸而下山
歸途上明白自己
錯怪天氣
你在平地一樣寂寞

要不要再上山
你搖搖頭
酸諷自由是
必要的冷漠
其實你早在自己的林中

門已經開在那了
鎖是你
鑰匙是我
禁止的一切逐將破解
沒有辦法

會老去
會生鏽
抱歉也無用的事情太多
我們都有門要過
都有想留的東西
不能留

搖籃曲

他的願望，只是想
好好睡一覺
有沒有醒來
都沒有關係

回音

好希望再繼續
和你唱完一首歌
雖然喉嚨啞了
也要哭把淚水當成
溫水喝下，催眠開嗓
以為就能繼續哼了

上得去高闊的頻率
低得過渾厚的境地
你要前往的每個地方
都要有我的聲線相疊

我的視線對望
千萬別慢慢走遠了喔
回音漸弱、
回音漸弱、
我真的不夠敏銳

你知道的
只要一點技巧
或是順著自然
我就會受騙了

未末

有時候我真的痛恨自己那麼理性
有時候我真的
很痛恨自己
那麼不理性

有人說我冷漠
有人說我易感
我冷漠
我易感

我只能透過傷害別人
傷害自己
來認識世界
這個世界如何孕育我
有什麼註定
但願是平衡的

否則我要怎麼對得起
無辜的身軀
只是個載體卻要
承受莫大的作用

欺負
欺負。很久沒有這樣
無路可走
逼得我必須
找個目標
來損耗

墜毀，
墜毀。把自己，
狠狠地，
墜毀。
瘋了般，
墜毀。

自己駕駛
直直往下開的那種

把自己墜毀
就不怕再碎
把自己弄得很髒
髒得沒有人要
就可以不斷
犯錯
也適得原諒

要不要原諒
原諒是善良的壞
和浮濫的寬

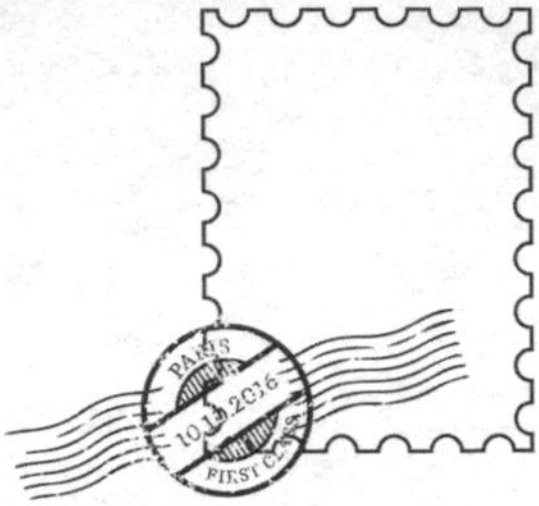
PARIS

Ⅲ 結痂

親愛小時候

港邊的印象除了船
還有風浪與頑石
那段日子我並沒有忘記回家
只是回到了家，即刻

害怕擱淺是羈絆的開始
害怕我的鞋像我的眼淚
離開時裹好
回來時卸下
亂丟在門口仍不會有人整理

也已經夠了
幾年來情緒很滿的琴鍵
什麼時候再有勇氣背譜彈奏
對著遺像，回到當年的病榻
看他們道人長短、收拾屍身
我像聾子般不解仇恨
懶得原諒

可能吧我永遠不夠強壯
無法如壁虎斷尾求生

你還想不想再一次擁抱它

寧願拖著傷口
保留一部分的自己
在一個記得的地方
一定啊我辦不到
遺棄往事讓生活過得更好
毀滅一行地址
假裝這裡再沒有人居住
我辦不到。

因為我會回來，我會回來
回來問問親愛的小時候
你見過陽光，弄丟陽光

夢中的婚禮

推至嘴邊的話
說完了
話還沒說完

像未燃的炮竹
祝福，憤怒
意義模糊
來不及探究
就那樣想吧

你是慶典裡的人
我是賓客
客體從非主體
故事收尾
自然可以馬虎

似乎快樂
似乎不很快樂
似乎恨
似乎無法
真的恨

修正下文
改成我們

有那麼重要嗎
沒有再問
其實等於明晰了答案
不是嗎

就這樣想吧
誰又真的知道呢
我如果覺得慌張
只要，閉上眼
睡回去

飄渺的你會陪我一起

久了就知道

——給孤島上的青年

人手一台
推車，軋過路面
平坦時叫自由
遇上坡道
是時代

久了就知道
再怎麼熱衷游泳
身體沒有腮，一樣需要救援
翅膀和會飛其實是
分開的兩件事

久了，就會知道
健全終究保護不了
我們活命
絕大多數的年
必須苟且偷生

承認表達快樂的方式
就算再多

——說出我愛，或者　　　　　　　證明自己
我不愛　　　　　　　　　　　　多麼成熟
都仍然不夠

日子好辛苦沒錯啊
可是也真的
過得去。
久了就該知道吧
沒什麼的
唯控制不住臉上笑容
越來越少

害怕再有新的徹悟

轉移

雨天的酸鏽味
和你放在冰箱裡過期的檸檬汁類似
只是少了陰霾累積的霉
因為你
沒有眼淚

度那度不完的舊夜
漫漫長長
我們不聊太陽
不數星星和月亮
我是你的鬧鐘而你是我的頸枕

有人相陪
竟不足稱作奢侈的夢

真的嗎，真的
只過了一天空白而已
遙遙飛離的雲

好遠好遠
視覺暫留
你依然像賴在這裡
偶爾抬起手撥弄亂掉的瀏海
偶爾架起了相機，等我笑開

風好大
跟一起去過的那座公園一樣
我們的身影很少
留下的波濤
高得浮誇

是什麼關係都不要緊吧
定義、命名，這類膚淺的事情
你一定毫不在意
只管我是你親自買下後
送給別人的花
品質掛上保證
你低調走回陌生

我不能凋謝得太快以免
看上去
太過認真

回到鳴槍之處

春天還沒走
夏陽已經踮高在它的下顎
像火煮乾白水
留一朵花的泡沫當作信息
證明先來後到並無所謂
遺忘的遺忘
輾傷的輾傷
扁扁一塊，我珍惜的記憶
過去的你是死了
過去的我還活著
有什麼用

謝謝

雨季正怒的時候
我們去過山上
沒有傘也沒得掩蔽
水用灌的，眼前看不清楚
你把外套給我
鞋子脫了
——在我耳邊用孩子的聲音喊起
「走！」
淋得可快樂了
我雙手撐起你給的防罩

後頭追趕
不自禁也笑了出來

有點可愛又有點憂傷啊
最後一遍了
最後一趟了
最後一次任性地讓你對我好

雖然再怎樣也還不起了
仍是謝謝你
放我去愛別人

青春輒止

也許正是因為
甜滋的冰淇淋只吃到
第一口，就給了別人
所以更難忘吧

想說如果……

如果。

城市

——寫給妳我的中壢

車頭前，夕陽下
對街突兀的便利超商
蔥油餅，春捲
和一杯誠實的芒果爽
記得我每次到訪
都想立一車攤位
販賣這裡取不盡的暖光

這裡藏匿無人小路
騎遠一點，還有台地上的涼風吹過

偶爾飄著零雨
偶爾傳來笛聲
我們恣意於停紅燈的秒間
撇頭親吻

這裡可以大叫，這裡
也有星宿陪我
看那末班火車駛得夠遠了
耍賴留夜，你買來甜點
仰著月光跟著曖昧
一起熬夜

想著，這裡會不會
僅僅為我誤入的格言一篓
人車並行浪狗，污煙混雜芬芳
匆匆又悠長……
也許我從來不熟悉這裡

七分滿的城市
駐紮文明與樹林
霓虹和詩句
我只認得你

巨大的暗房

以為把檔案刪除就沒事了
以為已經，把最好的自己
活埋照片裡
丟了——就好了
怎麼快門停不下來
在鏡頭浸水之後
曝光，越來越強
慢動作模式亦悄悄啟動
我在光圈外
看見你笑得忘懷的模樣

彷彿不曾入夜，不曾失眠
深刻覆過我的視覺
卻又遠遠，遠遠淺於我的夢土
之上
你作懸浮的塵粒……
不具顏色
但閃閃發亮

你還是選擇

前方沒有路了
你知道
死得清醒
好過活得盲目

催眠

深夜獨歸
常常搭上一人的公車
司機是我
乘客是過去的我
每分每秒都想按鈴

下車困難
為什麼當初還殷殷切盼
相信眼前駛來的
駛去的
是變好的將來

相信將來
像是現在
有人上車
有人喚著

「累了可以由我指向
你不必害怕衝撞
擔心迷航」
不必中斷睡眠
在搖晃的座位上
企圖擊破車窗

玩煙

終於他也開始
玩起煙火
學會點燃時偎得剛好
擋點風，喃喃倒數

一……
二。

華美的離場，都是他給的
雖然起飛的時刻可能
快一點，慢一些

在意料之內投往天空
對他來說
就足夠不作傷害

雖然，那煙火總來不及想
自己之所以走得漂亮
都得賴別人
費心成全

教育

我把球丟了過去
溜進溝裡，完美地
閃過那些比我脆弱的人
抵達終點
卻沒有掌聲

複習

酒醉跟在你身後
走沒見過的路
搖搖晃晃，半夢半醒
跨越雨天留下的水窪
數算右手邊木訥的電線桿
第幾柱，我們轉彎上樓
前往一個你佈置的
秘境。而我毫無生怕
開門。你若無其事放下行囊
把燈關上

擁抱著我像完全熟練一樣
跳舞，隨著自定的節奏跳舞
你脫去上衣連同我的一起
當外頭的夜是音樂
當今晚的和弦什麼都正確

「我會好好對妳」
一字不差附在唇上
實話或謊話，都用吻告訴我
無聲地傾倒出來
淋在我的髮間你的指間

我們裸身相對如同月與月的倒影
疊合完整
相互因為彼此而存在
我們一直看得見對方
也從對方眼裡看見自己的
虛偽和卑微

那樣的寂寞我聽得見

——給所有在異鄉中渾沌長大，冥冥中把自己流浪成一座孤島的，寄居者

出門的時候只管上鎖
歸返的時候只管鎖上
——什麼都不必應聲，例如
幾點幾分何時共餐的那類話
落得輕鬆
卻也想念有人為自己
留一盞光

抽菸終於不用躲藏
雖然陽台，從一個人的鳴唱吉他
變為擁擠的曬衣場
偶爾還是能取得一隅
窺一宵異都裡的夜晚通明

雖然，默默地從品酒
偷渡為酗酒的大人
還是記得刮鬍及盥洗

熨平襯衫的摺皺，假裝
自己不可能恍恍惚惚就爛了一生

「找一個地方活
同義的就只是找一個地方死而已」

等到睡眠遭竊
陽光龜裂
才知道寄居蟹的寂寞沒有聲線
從開始到最後
從佔去別人死去的殼
到心性胴體之柔軟都
逐漸失格……

我們啊這群寄居的過客
終可含笑撤手

五月

死去的親人是停擺的鐘
沒用了
還忍不住望

你好嗎

沒有人罪怪
可是甘心進牢裡蹲著
好像就能洗清一點什麼
就能變得清白

不見海蒼，不顧日黃
不勒索時光的踉蹌
慢慢，待在靜止中腐化
準備我們的暗房
重複錄放再
重複錄放……

你好嗎
早晚的溫差
還習慣嗎
當我們跑到山脈之前懷抱沿岸
是不是躲了回來
就再也脫不下
畏寒的武裝

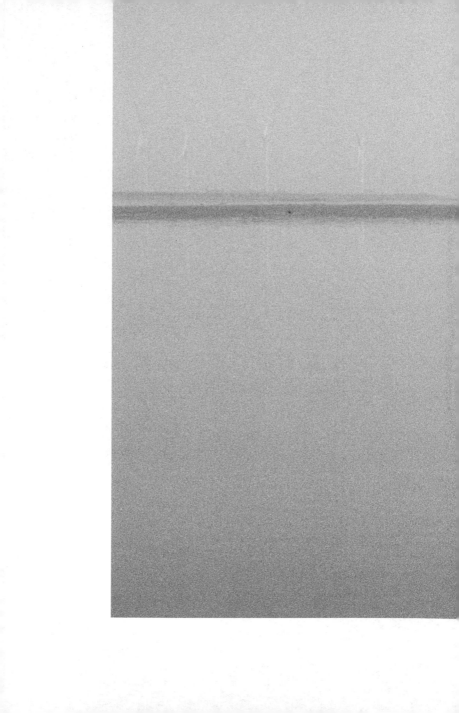

我相信的事

一、
時間會逆流
憎恨不會

二、
關上門
確實有助自虐
自虐確實
能得到安慰

三、
可以為了很多人笑
但只會為了一個人哭
論在乎
眼淚比笑容更重

四、
諾言存在
真心存在
你擁抱我的那刻鐘也存在
但存在不一定
一直都在

五、

遺憾是
靈魂不死
可是愛著你靈魂的身體會死

六、

不對的時間入眠
不對的時間醒來
——什麼是對？

對我來說
能一起睡著的日子
就是最好的日子

寫在分裂之後

——給W，還有你改不掉的孩子氣

我們不聯絡了
更容易想起，你對吹泡泡
有多著迷
透明的、短暫的、純粹的
你沒說清
是我後來才曉的道理
終究要破亡的誕生
究竟是為什麼而生
這幾年沒人再如你像個孩子

吹起泡泡，為之圍繞
那些輕薄的空心
也盪落歷史
但謝謝我記得了
存在是瞬即成立的事，即使
沒得立足或稍縱滅散——只要
你愛我是真的
離開我也是真的
這樣就好
這樣就好

然後呢

梅雨又來叨擾
拿起一把舊傘，撐開
走在潮濕的空氣裡

盡量地淋濕傘面
像溫柔的沖浴又像沉痛的搥擊
所有過程再輪一遍
當作給昔日
打了個照面
問問彼此：

你還是那支我中意的傘嗎？
你還是那場我難忘的雨嗎？

晴天的日子持續了好久
有時認不得原來
自己也曾哭泣

曾那麼討厭反鎖房間的門
討厭一個人睡
討厭開燈，討厭再也不能

讀一行詩句
想你的字跡
握筆的樣子
皺眉的表情

想你複誦，告訴我
煮開的水要慢慢喝
買的泡麵要慢慢吃
在這個城市別太用力
別太真心
就不會失去

給W

——記我們那一頓，大人的晚餐

你知道我最討厭失眠
也討厭失敗
所以花了好長的時間
走了好遠的路，當中
有時你在有時不在

好遠。真的必須遠得
乾淨發亮
才能明照今日的相視
無語也不覺得尷尬

好遠。距離上一次
共享難堪的回憶
共進微笑的晚餐
都是好遠的事
對我們來說

視線清晰的時刻
現在才來臨
你我終於放下刀叉在正確的位置

接受了彼此不適合
做為伴侶的事實
成為大人

默默地學習講理
二十歲開始不再慶祝生日
好讓自己停在妳專注的眼神
像從沒失去

請忘記我現在的臉

一、
我想一步一步接近死亡
像葉子迎接冬季
像魚遊向陸地

像我離開你
卻又看你在他處遊戲

二、
水煮開了，無人關火
鳴聲越發響亮
越是危悚

但水終究是要不見的
殊途同歸
所有受詛咒的事都將滅毀
包括你我

三、
那天你送的髮圈斷了
想起你說我糊塗
亮色好記，才不會落了它
我沒落，只是

恰好在新情人面前弄壞了它
發現東西跟時間一樣
很難留下

四、
不要再喝酒
不要再找機會給自己哭
不要等哭完了
看看鏡子
才納悶自己怎也沒對自己慈悲

五、
找塊舊地扎新根
嫩的，卻充滿定性的根
重新相信歸屬
捨棄介懷
找到一些力量

讓自己忘記曾經流浪
失敗地流浪

六、
永遠幸福的人並不幸福
永遠痛苦的人並不痛苦
因為慣

七、我再也找不到跟你同等美好的浪費了

真實世界

人生而平等
這句話，父母和老師常常告訴我
他說一顆蘋果
會公平地分給所有人
可是後來
我並沒有看到自己的果園

這是正確的嗎
我對某些人說話
必須低頭，超越禮貌
我為他們奉獻笑臉

他們客氣
且溫和——像朋友
然始終不願
牽起我的手

我的手也有五指啊
雖然粗糙，但做得了許多事情
有些人不用做事
有些人，則沒有五指
那我們真的可以一起出發嗎
我們的指航

下輩子就是天堂

只有時間
和命運？真的毫無其他干擾
迫使延長或截斷嗎

終點在那——終點在哪
終點線以後
都會死，死後的床
卻不一樣
是解脫還是懲罰？

他們為此懼怕退縮
但我們隨時都已備好
通往下輩子的行囊

想像力作為鎮定劑

孩子，為了生活
這句謊話你千萬要相信

「哭完就好了」

還是得以快樂

我會走路
白天、晚上，還有一些
不知道是光是暗的時刻
我走在路上
像學步的嬰兒
僅專心於自己的腳趾

我也騎車
晴天、雨季，還有一些
難辨是好是壞的天氣
我騎在路上
像買酒的大人
只憐惜於自己的傷痕

那麼多地方啊——全
散過了步、放過了風
終繞回了家鄉的地壤
才知道種種寂寞孤獨呆滯失魄如爛泥的
侵害，不是因為我多愁善感
而是因為
我不在家鄉

沒有讀者的信

寫了近千字
憤怒、委屈、無奈、受傷的心情
再慢慢地
一個字一個字刪去

如一場隆重盛大
隱密尊私的儀式
沒有人需要知道
包括全文指涉的
你。

因為這些散薄的情誼
不過是自己的菸
燒燃、吸吐
抽至完盡
再沒有其他人的事
能怎麼解釋？
要斬斷的結
到最後
已經無須任何商榷
給你過目多此一舉
下場還不是
分崩離散

專情的人

幾年前
你自暴自棄地說
我不要了

為了自尊
為了彼此好過
為了和平
你說，你再不要欺負
一顆善良直對的心
從此立起防罩
以為漸行漸遠
就仍然是朋友

疏不知當一張
方才梳洗乾淨的
臉孔……清透地躺在
你目光之中
夜深人靜、視線很暗
你還是忍不住
想親吻他

那些味道

嘴的位置
是即使你閉上眼也能
輕易尋到的依存

相愛練習

妳送的盆栽死了
在陽光普照的晴天
沒有人
替它告別

她送的手鍊斷了
在天雨路滑的暗晚
沒有人
惋惜它最後一面

用一生去愛的人啊
刻秒割離
瞬時失魂的心
卻餘生惦記

或荒唐
或可笑
我們都仍會抬起頭來
接納所有開始與結束的錯誤

不美
也無須後悔

路自此灰心了點但還能見光
手牽起來，再被放開
我是誰的草率
誰是下一個人
與我練習相愛

出眾

要掉在什麼地方
你才會覺得我特別
是蚌殼
或焚爐
是與光亮一起
還是同黑暗貧瘠

人海洶湧
隨時都可能翻到浪頭
上去了
就會被看見吧？雖然

我總用短短的一秒鐘
賭輸往後漫漫的
無竟路

自然

希望某天
我們都當成了樹
就不會計較
彼此有多少明彰或暗的分枝

結痂

漸漸不反抗了
長成心上的刺
雙向孿生
以後就是陀螺

旋轉，旋轉
痛楚為巨大的中心
想要站立
傷口便愈來愈深

接近地面
又不能觸及地面
喘不過的每口氣
到底都活了過來

也或許是這樣子
才叫人相信的吧
相信我是
可以的

可以為了迷失而轉
為了害怕停止

而轉，為了
讓疼痛鋪蓋我的日夜

我不沉睡
沉睡的人有清醒的夢
夢裡的傷都結了痂
只有我的，無法結

LOVE 017

結痂

作　者─追奇
主　編─李國祥
企　畫─葉蘭芳
美術設計─朱疋
總 編 輯─李采洪
董 事 長─趙政岷
出 版 者─時報文化出版企業股份有限公司
108019台北市和平西路三段二四〇號三樓
發行專線─（〇二）二三〇六─六八四二
讀者服務專線─〇八〇〇─二三一─七〇五
（〇二）二三〇四─七一〇三
讀者服務傳真─（〇二）二三〇四─六八五八
郵撥─一九三四四七二四 時報文化出版公司
信箱─10899臺北華江橋郵局第九九信箱
時報悅讀網─http://www.readingtimes.com.tw
電子郵件信箱─genre@readingtimes.com.tw
法律顧問─理律法律事務所 陳長文律師、李念祖律師
印刷─紘億印刷有限公司
初版一刷─二〇一七年七月二十一日
初版三刷─二〇二二年八月二十五日
定價─新臺幣三〇〇元

時報文化出版公司成立於一九七五年，
並於一九九九年股票上櫃公開發行，於二〇〇八年脫離中時集團非屬旺中，
以「尊重智慧與創意的文化事業」為信念。

結痂 / 追奇著. -- 初版. -- 臺北市 : 時報文化, 2017.07
面；　公分. -- (Love ; 17)

ISBN 978-957-13-7062-0(平裝)

851.486　　106011067

ISBN 978-957-13-7062-0
Printed in Taiwan